Wenn der Weltenschleier fällt

Jasper John

Wenn der Weltenschleier fällt

Bibliografische Informationen der deutschen Nationalbibliothek

Die Deutsche Nationalbibliothek verzeichnet diese Publikation

in der Deutschen Nationalbibliografie, detaillierte bibliografische

Daten sind im Internet über http://dnb.dnb.de abrufbar.

2. Auflage

© 2015 Jasper John

Herstellung und Verlag

BoD-Books on Demand, Norderstedt

ISBN 0783732246144

Inhaltsverzeichnis

Jasper John

Sydney

Für dieses Hallowe'en[1] hatten wir uns etwas
Besonderes vorgenommen: Wir wollten das
Haunted House auf der Airbase Ramstein
besuchen. Die ganze Clique hatte auf einer
bekannten Videoplattform diverse Clips zu der
Location gesehen, bei denen ich mich mordsmäßig
erschreckt hatte, obwohl ich sonst selten Angst
verspüre. Zu unserem großen Pech waren auch
heute nur US-Bürger dort zugelassen, weshalb wir
enttäuscht abzogen. Aber auf eine zweibrücker
Party wie letztes Jahr mit Horrorfilmen auf Blue-
Ray gepaart mit Unmengen Süßkram und
Knabbereien hatte keiner Lust. Am wenigsten ich,
denn mit dem Spukhausbesuch wollte ich mich
unauffällig an Robin ranschmeißen. Der Plan war,
zu erschrecken und mich dann an ihn zu kuscheln

---

1 Dies ist die ältere Schreibweise.

bzw. direkt in seine Arme zu hüpfen. Filme machen mir dazu nicht genug Angst.

Fast hätte ich mein Vorhaben in den Wind geschossen, als Amelie, die mit ihrem Tim vorneweg lief, laut quietschend auf einen Aufsteller deutete. Das Plakat pries das nächste Haus als ultimativen Grusel mit Gänsehautgarantie selbst für Hartgesottene an. Von außen wirkte es bereits einladend. Die von Dreck blinden Fensterschreiben waren zum Teil zerbrochen und das flackernde Kerzenlicht von drinnen konnten wir nur erahnen. Die Spinnweben außen an der Tür waren genauso echt wie ihre Bewohnerinnen. *Echt klasse gemacht!* Weil die anderen es genauso sahen, entschlossen wir uns zu einem Besuch.

Die Eingangstür knarzte herrlich alt, als wir leicht angespannt in die Eingangshalle traten. Denn jeder erwartete einen Monsterdarsteller in den dunklen Ecken. Doch vorerst kam keiner.

Wir hatten Zeit, uns umzusehen. An den Wänden der Halle, dort, wo noch Tapete hing, flackerten Kerzen mit hübschen Mustern. Diese beleuchteten ein paar blinde Spiegel.

„Schau doch mal rein! Wetten, du erschrickst, wenn da ein Hologramm auftaucht?", stichelte Robin.

Ich ließ mich provozieren. Deshalb schlug ich vor, dass wir uns aufteilten: Robin und ich sowie Amelie und Tim. Auf diese Weise hoffte ich, dass ich mit meinem Mut überzeugen würde.

Jedes Paar wählte eine der vielen Türen. Der Raum, den wir betraten, war dominiert von Treppen aller Art. Es gab welche aus dunklem Holz, mit kunstvoll gedrechseltem Geländer, aus Stein. Die durchzogen das ganze hohe Zimmer bis unters Dach. Vom Boden selbst sah ich wenig, denn ich stand auf einer Galerie und mein Blick war durch das Wirrwarr von Stufen verdeckt. Wendeltreppen, löcherige Hängebrücken,

Strickleitern, Freitreppen, helle Holztreppen, glänzend gewachst. Dass es hier nichts außer Treppen gab, war seltsam. Dass diese sich auch noch bewegten wie in einem meiner Lieblingsbücher, setzte dem Ganzen die Krone auf. So hätte es sein können, wenn ich mich über den Seitenhieb auf den Zauberlehrling gefreut hätte.

Stattdessen beschwerte ich mich darüber, weil ich fürchterliche Höhenangst habe. Ich stand also auf der Galerie, deren Eisengitter mich vorm Hinabstürzen schützte, während mein Unterbewusstsein mir meinen eigenen Tod auf dem Boden vorgaukelte. Diese Tagtraumbilder schnürten meinen Magen so lange zusammen, bis ich mich zur nächsten Wand schleppte. Zur Beruhigung drückte ich meine Wange gegen das unverputzte Gemäuer.

Robin lachte mich aus. Ich sah nur noch, dass er über das Geländer auf eine Wendeltreppe kletterte.

Er forderte mich zum Mitkommen auf, aber ich war wie gelähmt. Deshalb ließ ich mir sogar die Gelegenheit, seine Hand zu halten, entgehen. Mein Gesicht drückte ich noch immer an die Wand. Die Kälte tat so gut. Denn sie zog die Hitze der Panik aus meinen glühenden Wangen. Das wiederum beruhigte mein bis zum Hals schlagendes Herz.

Robins Schritte verhallten unter mir. Eine Zeit lang hörte ich, dass er Türen öffnete. Nach dem Knarren der Haustür war es still. Erst jetzt rappelte ich mich auf. Mein tiefes Atmen hatte die Panik weggeblasen. Ich lauschte. Nichts war zu hören. Kein einziger Laut außer meinem eigenen Atem.

Wo ist Robin? Scheiße noch mal! Gerade waren wir beieinander! Lässt er mich echt alleine? Ist er rausgegangen? Die anderen auch? Die werden sich totärgern, wenn ich hier heute Nacht ein Abenteuer erlebe und sie Schiss hatten, in diesem Spukhaus zu bleiben!

Die Aussicht auf ein besonderes Erlebnis, mit dem ich vor meiner Clique schwärmen konnte, half mir wieder auf die Beine. Langsam stemmte ich mich auf die Knie. Die wackelten immer noch angesichts des nahen Abgrunds. Trotzdem nahm ich allen Mut zusammen und schleppte mich zum Geländer der Galerie zurück. Sofort vereinnahmten mich die Treppen wieder mit ihrer architektonischer Schönheit und den grazilen Bewegungen. Ich beobachtete das Schauspiel eine Weile.

Währenddessen ratterte mein Kopf ununterbrochen, weil ich versuchte, ein System hinter den Bahnen der Treppen herauszufinden. Diese Aufgabe lenkte von der Höhenangst ab. Derjenige, der dieses Haus erschaffen hatte, war ein brillanter Künstler gewesen.

Aber konnte eine einzige Person das gestaltet haben? Diese Überlegung veranlasste mich zu einem vorsichtigen Blick durch den Raum. Dieser zeigte mir, dass die Treppen, die anmuteten, als habe jemand sie aus allen Jahrhunderten herausgeschnitten und hier eingefügt, nicht zu dem Industriechick des Rests passen wollten. Wie die Wand hinter mir, waren auch die übrigen grau und schmucklos.

Die Treppen, unglaublich! Diese ganze Feinmechanik ist klasse. Aber der Rest ist bisher recht lieblos. Da fehlen die Bilder der hingerichteten Ahnen, die beim Hinsehen ein Geheimnis preisgegeben, dass dich zucken lässt. Ich entwerfe nur Bühnenbilder fürs Schultheater, aber ich hätte 1000 Ideen, wie man dieses Zimmer grausiger gestalten könnte!

Meine Überlegungen nahmen mich regelrecht gefangen. Sie setzten meine Neugier wieder frei, die hinter der Höhenangst zurückgetreten war. Von ihr geleitet, entdeckte ich eine Öffnung im Geländer der Galerie. Diese schirmte mich nicht völlig vom Abgrund ab, sondern erlaubte mir den

Zugang zu den schwebenden Stufen. Vor dem ersten Schritt zitterte ich noch. Doch sobald beide Füße auf den Stufen standen, ging es, bis wieder ein Übertritt anstand. Aber trotz aller Anstrengung gelang es meiner Angst nicht, diese Entdeckungstour zu beenden. Gerade hatte ich eine Hängebrücke betreten, die ekelhaft schlingerte, als ich etwas in den Augenwinkeln bemerkte.

Was war das? Bin ich doch nicht alleine hier?

Ich beeilte mich die schwankenden Bretter zu verlassen. Eine ausgediente Freitreppe gab da mehr Sicherheit, damit ich mich ohne Sturz umsehen konnte. Ich hielt mich also an dem kalten Marmor des gemeißelten Handlaufes fest. So gesichert, wagte ich einen Blick über den Raum. Hatte ich die Bewegung am gegenüberliegenden Ende nur geträumt?

Endlich mal ein Trick, der einem Gänsehaut verschafft! Klasse gemacht! Weiter so!

Da war es schon wieder! Ein Windhauch. Ich drehte mich in die Richtung, aus der er gekommen war und konnte gerade noch rechtzeitig eine Bewegung wahrnehmen. Dieser ebenfalls folgend entdeckte ich den Verursacher. Auf dem Geländer der gegenüberliegenden Treppe balancierte eine seltsame Gestalt. Der Rücken war gekrümmt, die Beine angewinkelt und die zu langen Arme baumelten gegen den Stein. Das erinnerte mich an einen Orang-Utan mit dem hübschen Gesicht eines jungen Mannes um die zwanzig. Die Zusammenstellung faszinierte mich so sehr, dass ich die Gestalt einfach anstarrte.

„Hey, cool! Hier gibt's sogar Schauspieler!", rutschte es mir heraus.

Obwohl ich mir sicher war, dass der Typ mich längst bemerkt hatte, tat der Kauernde so, als hätte er gerade gesehen, dass jemand den Raum betrat. Mit einem erstaunten „Oh, hallo!" kam der Schauspieler zu mir herüber.

Seine Bewegungen ähnelten wirklich denen eines Affen, denn der Mann hüpfte und hangelte sich mit seinen langen Armen geschickt von Treppe zu Treppe, bis er bei mir angelangt war. Dafür erntete der Typ meinen begeisterten Applaus. Aus der Nähe sah sein Gesicht noch besser aus.

Fasziniert konnte ich nicht an mich halten und platzte ein „Wenn du den Glöckner spielen sollst, bist du aber nicht hässlich genug! Dazu bräuchtest du Schminke!" heraus. Beschämt schlug ich mir die Hände vor den Mund. „Das war nicht okay. Das war frech. Sorry. Wen stellst du da?"

Der Schauspieler nahm meine holprige Entschuldigung mit einem Schulterzucken an. Ohne ein weiteres Wort fasste seine Hand um meine Finger. Zu meinem eigenen Erstaunen erlaubte ich diese Geste. Als der Mann merkte, dass ich mich an die Hand nehmen ließ, kletterte er flink aufs Geländer zurück, ohne mich eines Blickes zu würdigen.

„Mein Name ist Sydney", erwähnte die Gestalt in dieser Bewegung, den Kopf in einem seltsamen Winkel über der Schulter verdreht. Dann blickte der junge Mann wieder nach vorn.

Es war klar, dass ich ihm folgen würde. Zumindest für meinen Touristenführer. Wie ein solcher wirkte der Fremde, als er mich über die Treppen zerrte. Erst dabei begann er zu sprechen. Mit einem seltsamen Akzent, den ich nicht zuordnen konnte, erklärte der Mann Einzelheiten zu den Stufen, über die wir eilten.

„Alles, was du hier siehst, stammt aus einem Zeitraum von über 200 Jahren. Ich wollte Abwechslung!"

Ich staunte. „Das hast du gebaut?"

„Nein!", lachte Sydney. „Ausgebaut. Das Haus habe ich geerbt. Es gehörte meinem Ziehvater."

Meine Neugier war geweckt. „Und deine Eltern? Ist Sydney dein echter Name?"

„Meine Eltern waren damals schon tot. Sie kamen

als Häftlinge nach Australien, als meine Mutter mit mir schwanger ging. Vater starb bei einer Schlägerei an Bord. Meine Mutter, als sie mich in die Welt hinaus presste. Ich hätte sicher einen Namen, wenn sie bei meinem ersten Atemzug noch gesprochen hätte. Alle nannten mich Sydney nach dem Gouverneur, der sich seinen fetten Arsch platt saß und nichts von mir wusste."

Bei diesen Worten überrollte mich Mitleid mit dem Waisen, doch sein eisiger Ton irritierte mich. Ungewöhnlich gefühlskalt berichtete Sydney davon, wie er bei der Ankunft in der Sträflingskolonie einem Arzt zugeteilt wurde. Dieser kam ans andere Ende der Welt, weil er Menschenfleisch vertrieb. Bei ihm lernte der Junge mit den Jahren das Waschen von Leichen, sodass er später als Bestatter arbeiten konnte.

Als ich gerade eine wankende Wendeltreppe hinauf ging, trieb er mich auf einmal an. „Komm schnell! Ich will dir etwas zeigen!"

Alle Mühe, die ich mir beim Mithalten gab, war vergebens. Sydney begriff das sehr schnell und nahm mich auf die Schultern. Ich fühlte wie ein bestimmtes Mädchen aus der Fantasyliteratur, wenn auch die Bewegungen des Mannes unter mir längst nicht so elegant wie die des dortigen Helden waren. Als wir endlich die andere Seite erreichten, war ich völlig außer Atem. Mein Touristenführer half mir von der Treppe. Von der Galerie führte er mich über gefühlte 10.000 Stufen in den Keller hinunter. An seiner Hand fühlte ich mich, als seien wir spielende Kinder, die ein leeres Haus erobern. Denn von meinen Freunden war noch immer nichts zu hören. Trotzdem erschien es mir normal, was gerade geschah. Neugier kribbelte in jeder Faser meines Körpers. Vertrauensvoll folgte ich seinem eiligen Schritt. Tief im Untergeschoss öffnete mein Begleiter mit Lausbubengrinsen eine verrostete Tür.

„Dahinter befindet sich mein Schatz! Meine

Sammlung!" Die Stimme des jungen Mannes überschlug sich wie die eines Teenagers.

„Komm!"

Sydney schob die Tür so vorsichtig auf, als fürchtete er, das Türblatt zerfiele unter der Berührung. Ich war so gespannt, dass ich glaubte, bald zu platzen. Wie Diebe schlichen wir auf Zehenspitzen hinein.

Drinnen, beleuchtet von rußigen Kerzen, offenbarte sich mir ein Alptraum.

So dachte mein Gastgeber!

Denn es wunderte Sydney, dass er keinen Schrei hörte, als ich den Raum betrat. Meine Augen erfassten beim ersten Blick gar nicht das ganze Ausmaß dieser Sammlung. An Fleischerhaken baumelten Unterarme und – schenkel, Organe waren in Schraubgläsern konserviert. Auch erloschene Augen starrten mich an. Doch es faszinierte mich, anstatt mich zu ängstigen.

Ich riss mich los, drehte mich zu Sydney um und

löcherte diesen mit neugierigen Fragen. „Das sieht alles so echt aus! Unglaublich! Wie machst du das nur?"

„Du bist nicht verstört?", faselte der Mann verwundert. „Du bist ein Mädchen!"

Bei dieser Äußerung bekam ich einen Lachanfall. „Ich bin kein Püppchen! Stücke wie deine, bastle ich in meiner Freizeit auch. Nur sind meine Ergebnisse nicht so lebensecht!"

Sydney hob die Augenbrauen. „Weshalb solltest du Körperteile fertigen?!"

„Fürs Theater an unserer Schule. Wir spielen bald den mörderischen Barbier von der Fleetstreet. Der hat mithilfe seiner Untermieterin seine Opfer entsorgt. Als Pastete... Den hat schon Johnny Depp gespielt!"

„Oh! Fürs Theater! Aha...", mein Begleiter schien seltsam abwesend.

„Sind die Requisiten für andere Horrorhäuser?", fragte ich naiv.

Er drehte den Kopf wieder seltsam. So, als habe er kein Genick. „Was, wenn das alles echt wäre?"

Das schockierte mich wirklich. Verstört stolperte ich zurück.

„Du verarscht mich doch!", schnauzte ich, als ich mich gefangen hatte. „Du spielst mit mir! Wo sind meine Leute?"

Sydney brach in ein gackerndes Lachen aus. „Nein, dumme Gans und zugleich ja! Nein, ich nehme dich nicht auf den Arm. Was du hier siehst, gehörte einmal zu Menschen. Ich habe es gesammelt und bewahre es. Wie mein Ziehvater! Dr. Mortimer verkaufte seine erste Sammlung während einer Hungersnot. Wir aßen davon nichts, schließlich sind wir keine Monster!"

Ich sog so tief Luft ein, dass ich fast bewusstlos wurde. Deshalb schwankte ich.

„Hast du endlich Angst?", fragte Sydney leise.

„Aber, was? Wie? Was willst du?!", murmelte ich panisch.

„Dieses Haus, mein Schätzchen, ist mein persönliches Geisterschiff, wenn du es so willst." Seine Lippen kräuselten sich in tiefverwurzelter Bösartigkeit. „Nein, bevor du fragst: Ein Geisterschiff bleibt dasselbe, als das es verflucht wurde. Mein Haus hat mit einem solchen Kahn gemeinsam, dass es als Transportmittel und Falle dient. Das Haus geht mit der Zeit, außen zumindest bleibt es eine interessante, gruselige Bruchbude. So ziehe ich meine Opfer an. Wir reisen an die Orte, an denen es sich lohnt."

In diesem Moment lag es glasklar vor mir: Ich würde diese Nacht nicht überleben...

„Du hast es schon erraten! Mein Kompliment!", kicherte Sydney, der wie eine Katze bäuchlings über mir auf einem Geländer lag. Ein Arm baumelte ins Leere. „Weißt du denn überhaupt, was heute für eine Nacht ist?"

„Hallowe'en", stammelte ich.

„Oder Samhain, wie die Alten diese Stunden

nannten. Heute ist der Schleier zwischen deiner Welt und meiner sehr dünn, sodass du das Haus sehen kannst. Du hast nicht nur das Gebäude, sondern du hast meine Zuflucht betreten. Und sterben wirst du auch..." Wieder kicherte Sydney. „Was du wahrscheinlich nicht mehr weißt: Als meine Ahnen noch lebten, war die Samhainnacht der Beginn des neuen Jahres. So wie in deiner Zeit die Silvester-Neujahrsnacht. Wenn die Turmuhr dort drüben den zwölften Schlag getan hat, hauchst du deine Seele aus..."

„Sydney! Bitte, bitte, lass mich gehen! Ich bin noch ein Kind! Kaum 15!", flehte ich zu ihm hinauf. „Lass mich gehen! Bitte! Ich habe mein Leben noch vor mir! Bitteee!"

Gerade während ich um meine Zukunft bettelte, schlug besagte Turmuhr zum ersten Mal. Mitternacht... Sydney räkelte sich auf seinem Beobachtungsposten. Fast bildete ich mir ein, dass er gleich seine Hände lecken würde wie eine

Raubkatze. Natürlich tat Sydney nichts dergleichen. Ich hatte befürchtet, dass er mich schlachten würde, wie die Opfer in seiner Vorratskammer. Aber nichts passierte. Er spielte mit mir. Mich im Todeskampf zu beobachten, war ihm wohl genug. Ich lauschte angespannt. Der vierte Glockenschlag. Kaum acht Sekunden und ich war tot. Mein Herz raste. Verstört jagten meine Augen umher. Auch, wenn ich wusste, dass es keine Flucht geben würde.

Elf. Ich schloss kraftlos die Augen. Mein schlaffer Körper wurde am Ende zum Kerker wie das Haus um mich herum.

Zwölf. Als würde ich ausgepumpt, wurde mir während des letzten Glockenschlages der Atem entzogen. Der Ton verhallte. Ich war still. Und leer. Gestorben in der letzten Nacht des altersschwachen Jahres (nach keltischer Zeitrechnung)[2].

---

2 Samhain markiert mit dem Tod des Sonnengottes das Ende des Jahres.

Jessica John

Alberne Liebeleien in der Samhainnacht[3]

Mettes Augen waren vom Schlaf verklebt. Es kostete die junge Frau einige Anstrengung, bis diese endlich geöffnet waren. Erst dann erkannte die Erwachende den süßen Atem, den sie gerade an ihrer Wange gespürt hatte.

„Fiete!", rief sie und schlug sich direkt die Hand vor den Mund, damit sie niemand weckte.

Der Mann neben ihr auf dem Bett, legte ebenfalls den Finger an die Lippen. „Ich bin nicht wirklich hier, liebste, honigsüße Mette. Mein Geist kommt zu dir. So möchte ich dir zusichern, dass ich mein Versprechen halte: Am Reformationstag betrete ich unseren Strand und dann gehen wir zum Haus deines Vaters, wo ich als gemachter Mann dich zu meiner Frau machen werde. Warte auf mich, mein süßes Mädchen!"

Sein Mund fand den ihrigen. Zart, sanft und

---

3 Keltische Bezeichnung für die Nacht vor
   Allerseelen.

leicht gierig küsste Fiete seine Liebste. Seine Finger streichelten das für die Nacht geflochtene Haar und wanderten den Hals hinunter.

„Warte auf mich, Fräulein Hansen!", wisperte er.

Kaum hatte er das gesagt, löste Fiete Paul sich in Nebelschwaden auf, die durch die Ritzen von Mettes Schlafkammer wehten. Die junge Frau unterdrückte den Drang, ihm nachzurufen. Die bisher ertragene Einsamkeit legte sich um ihre Schulter wie ein Tuch aus eiskaltem Blei. Davon niedergedrückt schlief die junge Frau wieder ein.

Als am lange ersehnten Tag die Sonne am östlichen Himmel aus dem Meer stieg, war Mette längst wach. Denn heute sollte Fiete heimkommen. Ihr heißgeliebter Fiete mit dem sie im Schutze der Nacht Küsse getauscht hatte. Dessen Hand, die unter Mettes Röcke gewandert war. Deshalb hatte die Verliebte in der Nacht nicht geschlafen. Gespannt wie eine Bogensehne hatte Mette den Himmel vorm Fenster ihrer Schlafkammer beobachtet, bis der erste Schimmer auftauchte. Dieser war das Zeichen zum Aufstehen. Unbemerkt von ihren schnarchenden Eltern entschlich das Fräulein der Kate. Aus Angst vor der Entdeckung lief sie auf Strümpfen über das herbstlich kalte Kopfsteinpflaster der Gassen. Die genagelten Schuhe baumelten an den Schnürsenkeln in Mettes klammer Hand. Zum Glück wehte kaum Wind. Darum fror die Vorfreudige nicht so sehr wie befürchtet. Wenn Mette sich am Tage ihrer Verlobung eine Lungenentzündung geholt hätte, nicht auszudenken! In den schmalen Gassen zwischen den reetgedeckten Häusern raschelten nicht nur ihre eigenen Röcke. Wie die Ratten gerufen von der Flöte des Fängers im fernen Hameln, hüpften in dieser Nacht Mädchen aus einem Grund zum Hafen: Ihr Liebster fuhr zur See. Das Meer war sein zweites Zuhause. Sobald Fiete die Planken betrat, begann Mettes Herz zu ziehen. Heute sollte dieser süße Schmerz ein Ende finden. Heute wollte der Seemann im Haus der Hansens um ihre Hand anhalten. So ging es den übrigen Wartenden auch. Ihr aufgeregtes

Flüstern wuchs zu einem Lärmpegel an, den die schlafenden Eltern hätten hören müssen. Doch die Fenster der Häuser am Hafen blieben dunkel, während die weibliche Jugend sich am Kai drängte. Mit den ankommenden Schiffen, löste sich der menschliche Bienenstock langsam auf. Das aufgeregte Summen verlief sich in verliebtem Kichern in den Gassen. Doch keines der einlaufenden Schiffe brachte Mette ihren Liebsten zurück. Als es dämmerte erblickte sie zum letzten Mal das Weiß der Segel, das auf die Wartende zusteuerte. Endlich! Fietes Schiff! Das gequälte Mädchenherz machte einen Sprung bis zum Hals. Wie angefroren blieb diese stehen. Ihre Augen verfolgten jede Bewegung an Bord. Manche Männer, welche die Ladung löschten[4], kamen ihr bekannt vor. Doch ihr Herzbube war nirgends zu sehen. Als das Schiff sich fast völlig geleert hatte, nahm Mette sich ein Herz und sprach einen Seemann mit jungenhaftem Flaum auf der Lippe an.

Der musterte die hübsche junge Frau mit

---

4   Löschen = entladen

traurigen Augen. „Es tut mir leid, Fräulein. Fiete Paul ging eine Stunde vor unserer Ankunft über Bord. Er wurde unter das Schiff gezogen. Keiner hat ihn mehr gesehen. Es tut mir so leid. Ich mochte Fiete sehr. War ein toller Kerl, der Fiete. Mein aufrichtiges Beileid.“

Mettes Magen zog sich zusammen, als sei dieser verschnürt. Der Seemann sah nichts davon, denn die junge Frau riss sich am Riemen, so wie sie es gelernt hatte. Erst als die Trauernde die Einsamkeit der Steilküste erreicht hatte, ließ Mette ihre heißen Tränen fließen.

Der Himmel hing in kaltem Graublau über ihr. Die Kalkwand, auf der Mette stand, fiel kerzengerade zum Strand ab. Der Wind umwehte ihre zitternden Körper zärtlich. Die in Lagen getragenen Röcke wisperten, während sie gegeneinander rieben. Auf den Knöcheln darunter zeigte sich eine Gänsehaut. Doch die Frau verharrte. Auch, als der volle Mond sein schuldiges Gesicht hinter einer schwarzen Wolke verbarg. Der

Blick der Einsamen hielt am Horizont fest. Suchend nach dem Weiß der Segel, die ihre Hoffnung genährt hatten. Doch der Himmel dort hinten blieb nachtblau. Nichts hellte seine Dunkelheit auf. Wo die Steilküste in den beigen Strandsand überging, nahm die junge Frau keine Bewegung wahr. Erst dahinter kräuselte sich das schläfrige Meer. Die Glocke der Kirche flüsterte nur noch an die Ohren der jungen Frau, denn das Gebäude lag weit hinter ihr, geschützt vom Deich. Zwölf Schläge deuteten den baldigen Anbruch eines neuen Tages an. Aber Fiete, ihr geliebter, zärtlicher Fiete, tauchte nicht auf. Dessen süßes Gesicht war sicher inzwischen fahl und aufgedunsen, wie so manche, die das Meer nach ihrem Tod am Strand abgeladen hatte...

Obwohl Mette am Rande des Dorfes ihre festen Schuhe angezogen hatte, fühlten sich ihre Füße wie Eisklumpen an. Von unsichtbaren Fäden geleitet, setzte sich die junge Frau in Bewegung. Lange musste die Trauernde nicht torkeln. Viel zu schnell übertraten ihre zarten Füße die Kante der Steilküste. Von diesem Verlust an festem Boden und dem drohenden Tod hätte Mette erschrecken müssen. Doch nichts dergleichen geschah. Unbeirrt schritt das Fräulein voran, bis der hübsche Körper auf dem Strand zerschellte...

200 Jahre später

Die Stille der Nacht wurde brutal von einem grausigen Grölen zerrissen. Die hässlichen Laute kamen aus hübschen Mündern, welche zu einer Gruppe junger Leute gehörten. Zwei Pärchen, die beiden Mädchen einander untergehakt, torkelten den Weg zum Strand hinunter. Auf der Strandpromenade wollten die Jugendlichen noch einmal „tanken". Doch bis zur nächsten Bar schafften sie es nicht. Im Licht des Oktobervollmonds glänzte die Statue des berühmten rufenden Seemanns seltsam unwirklich. Die Gruppe näherte sich dem Wahrzeichen ihres Dorfes, welches ein beliebtes Fotomotiv bei Touristen war.

Der größere junge Mann umarmte den hochaufragenden Seebären. „Na, rufste nach nem Mädchen gegen den Druck?", lallte er.

Die Brünette, welche offenbar nicht seine Freundin war, nahm den Arm des Lästermauls. „Leif, lass das."

„Wieso?" Der Angetrunkene machte sich los.

„Weil heute Samhain ist, Hallowe'en!"

Die Augenbrauen wanderten sofort nach oben.

„Trink was, Imke! Dann wirste locker!"

„Aber was du tust, ist gefährlich! Der rufende Seemann hat seine Liebste ans Meer verloren. Du kennst die Sage, dass er sie in Vollmondnächten wie heute nach ihr ruft!"

Statt einer Antwort erhielt die Beunruhigte ein Schnauben. Ihr fester Freund fasste Imke an den Schultern. Weil der Griff etwas zu fest war, zuckte dieser. Mit einem unwirschen Schmerzenslaut schüttelte die junge Frau ihren Liebsten ab.

„Du musst es doch wissen!", beharrte sie. „Du kennst die Mythen! Heute ist eine *der* magischen Nächte!"

Leif fasste Imkes Hände. Schnell zog der junge Mann seiner Freundin die Handschuhe aus, damit er die klammen Finger wärmen konnte. Mit dieser zärtlichen Geste versuchte der Student der Keltologie die junge Frau zu beruhigen. Dummerweise reagierte diese seltsam auf Alkohol. Dann schien Imke gerne in Verfolgungswahn zu verfallen. Dass sie sich den Kelten und ihren Mythen verschrieben hatte, trug leider dazu bei. In vergangenen Hallowe'en-Nächten hatte seine Liebste auch Angst vor dem Überlieferungen gezeigt. Imke nahm die keltischen Feen besonders ernst. Beim Auslandssemester in Irland hatte die junge Frau sogar alte Schuhe aus echtem Leder mitgenommen, als Geschenk an den Feenschuster, damit er daraus neue Schuhe für sein Volk machen konnte[5]. Leif war das zu heftig. Aber ständig meckern wollte er nicht. „Augen zu und durch", sagte der junge Mann sich in diesen Fällen. So auch heute. Zur Ablenkung schleifte er seine Freundin und die beiden anderen doch noch in eine Bar.

Nach vielen Bieren plus Korn verflüchtigte

---

5   Dass man auf einem Irlandbesuch Schuhe für den Leprechaun mitbringen soll, hat mir ein Kumpel erzählt, ein schöner Brauch. ^^

sich Imkes Angst aus dem alkoholgewärmten Bauch. Die Promille im Blut verteilte schnell die benötigte Entspannung. Auf einmal meckerte die Angetrunkene nicht mehr wegen dem dünnen Schleier zwischen der unseren Welt und jener, die Heimat der Toten ist. Kein Wort mehr über die Gefahren in jener Nacht. Stattdessen schwärmte Imke von dem rufenden Seemann. Ihren schweren Kopf legte die junge Frau dabei auf der Schulter ihrer Freundin Svea ab.

„Hast du dir sein Gesicht mal genau angesehen?", murmelte sie. „So zart. So schön... Der hat ja mal gelebt... hier... Seine Freundin ging ins Wasser, ins Meer, weil sie ohne ihn... ist das nicht romantisch?"

„Nein.", balffte Leif. „Sie hat Leute zurückgelassen. Die leiden. Aber an die hat sie nicht gedacht! Denn für die Frau zählte nur ihr Herzschmerz!"

Unter diesen Bemerkungen zuckte die Angetrunkene wie unter einem Schlag. Aber das Gesagte erreichte ihren Kopf nicht nachhaltig. Denn dieser war zu voll mit der Watte, die Alkohol ausbreitete.

Nur die Schwärmerei für den einsam zurückgebliebenen Seemann blieb. Von den anderen unerwartet sprang Imke auf und rannte nach draußen. Nachdem die Zeche bezahlt worden war, fand Leif sie in den Armen der Statue. Ihren Mund hatte die junge Frau an das kalte Ohr des Metallmannes gedrückt.

Ihr besoffenes Flüstern blubberte undeutlich heraus. „Weisch du..., deine Freundin war bestimmt ne süße. Keijn wunna, dass du se noch rufs...“

„Mensch lass das doch!“ Leif versuchte seine Freundin wegzuziehen.

Doch die klammerte sich stur an dem Abbild des Seemannes fest. Aus Provokation drückte das Mädchen einen Kuss auf die kalten Lippen. Schließlich sah es aus, als würde die Jugendliche den Mann küssen. Das zweite Pärchen lachte, feixte und feuerte die Küssende laut an. Leif redet auf Imke ein, immer lauter.

Die lärmende Gruppe wurde beobachtet. Aber

nicht von anderen Menschen, deshalb bemerkten diese ihre Stalker nicht. Mette gefiel, was sie da bei der Statue sah. Besonders, weil das Gesicht des rufenden Seemannes ihrem Fiete so ähnlich sah. Dieser stand hinter seiner Liebsten, folgte deren Blick auf die spielenden jungen Leute. Mit einem liebevollen Brummen strich Fiete seiner Mette sanft über den Nacken.

„Kennst du das Vorbild für die Statue?", fragte der ertrunkene Matrose.

„Nee. Nachdem, was erzählt wird, müssten wir das Pärchen gekannt haben." grübelte Mette. „Ich denke, den rufenden Matrosen gab es nie. Aber eine wartende Deern[6] ist zu gewöhnlich..."

„Meinst du wirklich?"

„Ja! Hast du den Mädchen nicht zugehört?", maulte die Frau.

„Doch!", brummte der Seebär. „Sieh nur, wie ihre Lippen das Metall berühren? Wenn ich dich doch nur einmal noch so herzen könnte!"

Mette errötete. „Als wir das noch taten, hatten wir Träume, weißt du noch?"

„Als wäre es gestern." Fiete strich seiner Mette durchs Haar. „Ich wollte für dich eine Landratte werden. Sesshaft für dich und eine ganze Bande von Hosenscheißern!"

Bei dieser Bemerkung strich sich die junge Frau über ihren Bauch. Die Augen der Seelen trafen sich.

Ein schnell gefasster Plan trieb die Liebenden am Schleier zwischen den Welten entlang. Nach langer Wanderung zeigten satte Farben zwischen dem milchigen Licht der Grenze eine Möglichkeit zum Übertritt. Ein Zögern gab es nicht. Heute Nacht mussten Fiete und Mette diese Gelegenheit nutzen. Neben der Magie der Stunden vor Allerseelen gab es noch einen weiteren Grund....

Kaum hatten die Geister unsere Welt betreten, orientierten sie sich. Mit einer riesigen Portion Glück war es gelungen, unweit besagter Statue aus dem Schleier zu treten.

Der Lärm der Jugendlichen drang sofort wieder an die Ohren der Toten und wiesen diesen den Weg. Imke knutschte noch immer mit dem Mann aus Metall. Mette schlüpfte in das Standbild, so dass sie durch die Lippen in den Körper des Menschenmädchens schlüpfen konnte. Ihr Fiete übernahm derweil den Körper des unachtsamen Leif.

Die jungen Leute konnten davon nichts spüren, denn alles ging zu schnell. Auch ihre Begleiter schöpften keinen Verdacht, als ihr Kumpel seine Freundin endlich von den Metalllippen löste.

„Dein Mund ist eisig!", wisperte der zwischen den Küssen, mit denen er seine Liebste aufwärmte. Für die Geister blieb der Genuss der Körper nicht lange, denn Lars und Svea begannen zu lästern.

Bemerkungen wie „Kaum zwei Tage zusammen und schon fresst ihr euch auf!" und „Wenn ihr vögeln wollt, sucht euch ein Zimmer!" waren zu hören.

Als Imke sich mit „Lebt wohl!" verabschiedete, kam das Svea seltsam spießig vor. Wie kam ihre beste Freundin auf diesen Blödsinn? Die Teenagerin runzelte die Stirn, schwieg aber, denn es war spät und sie ging ohnehin gerne einem Streit aus dem Weg. Warum auch immer Imke sich komisch verhielt, es würde einen Grund haben. Ohne, dass über die Äußerung gesprochen wurde, trennte sich die Gruppe. Nach diesem Ausrutscher von Mette hielten sich die Seelen auf dem jetzigen Weg soweit zurück, dass ihre Gastgeber nach Hause fanden.

Imkes Eltern fiel nichts Ungewöhnliches auf. Obwohl ihre Tochter einen kalten Hauch beim Vorübergehen hinterließ. Für die beiden war es höchstens ungewöhnlich, dass Imke ihren Freund so schnell zum Übernachten mitbrachte. Aber warum sollte man sich da einmischen? Das Mädchen war 19 und sehr vernünftig, also schenkten die Eltern den beiden Vertrauen und wünschten schlicht „Gute Nacht".

In Imkes Zimmer entkleidete Fiete mit Leifs zarten Fingern seine Mette in Gestalt des jungen Mädchens. Seine Bewegungen waren dabei sehr langsam, denn der Seemann spürte schnell die Angst. Sicher hatte die arme Deern noch nicht bei einem Mann gelegen. Aber das war nicht schlimm, so lange es heute Nacht geschah. Die seltsame Uhr ohne Zeiger auf dem Nachttisch zeigte, dass genügend Zeit für Zärtlichkeiten blieb. Auch der Junge hatte Bammel. Da die Geister sich als Gäste der beiden sahen, wollten Fiete und Mette keinen Schaden anrichten. Trotzdem war ihnen klar, dass nur heute die richtige Zeit für ihr Vorhaben war. Darum näherten sich die Jugendlichen einander, von vorsichtigen Puppenspielern gelenkt. Zärtliche Küsse begleiteten vorsichtige Bewegungen unter denen Schicht für Schicht die herbstliche Kleidung zu Boden glitt. Als die Teenager sich in Unterwäsche gegenüber standen, zitterte Imkes Unterlippe.

„Leif... Ich..."

Ihr Freund gestand ihr, dass er auch Bammel habe. „Aber da ist eine Neugier in mir, die ich bisher nicht kannte. Lass uns sehen, wo die uns hinführt. Ich tu dir nicht weh, fest versprochen. Wir haben ja die ganze Nacht Zeit."

Imkes ängstliche Antwort sprach sie nicht aus. Das Mädchen wollte widersprechen, doch die

Worte verblassten und verflogen mit einem Mal wie Nebel. Statt der Angst fühlte Imke plötzlich auch die Neugier, von der ihr Schwarm gesprochen hatte. Davon geleitet erlebten die Teenager ein wunderschönes erstes Mal.

„Ich hätte nicht gedacht, dass es so schön werden würde!", wisperte Mette, während ihre „Gastgeber" weg dämmerten.

Fiete nahm seine Liebste in den Arm. Er drückte sie fest an sich und hauchte einen Kuss auf das duftende Haar. Dabei murmelte der Seebär liebevolle Worte. Endlich wieder aneinander geschmiegt, schliefen auch die Geister ein. Jedoch nicht lange. Erst als die Turmuhr das Ende dieser Hallowe'en-Nacht ankündigte, fanden alle Ruhe.

Am nächsten Morgen suchten die jungen Leute in den Fetzen ihrer Erinnerungen nach den Geschehnissen der letzten Nacht.

„Wir haben wohl ein bisschen zu viel gesoffen.", murmelte Imke. „Hatten wir echt Sex?"

Leif nickte zögernd. „Ich fand's schön..."

Seine Freundin küsste ihn unsicher. „Ich auch!

Es ist nur so komisch, dass mir viele Bruchstücke fehlen... Hmmm, egal... Es war so schön, Leif..."

Dass beide wohl betrunken gewesen waren, beruhigte die Teenager. Das Wochenende blieben beide fast die ganze Zeit im Bett. Dies verließen sie neben den natürlichen Bedürfnissen nur, weil Imke ihrer Mutter von ihrem Kater erzählen wollte. Diese lachte die Jugendlichen zuerst herzlich aus, bevor sie das Pärchen wieder ins Bett schickte.

„Ausnahmsweise verwöhn ich euch heute!", schmunzelte die Frau, drückte ihre Tochter an sich und wisperte, dass nur diese es hören sollte. „War's wenigstens schön?"

Imke nickte stumm und schlurfte in ihr Zimmer zurück. Dort fand ihre Mutter ihr einziges Kind, eng an Leif gekuschelt. Die fürsorgliche Frau brachte eine kräftige Brühe sowie Heringe gegen die donnernden Kopfschmerzen.

Wochen später weinte das Mädchen, als es feststellte, dass seine Monatsblutung ausblieb. „Meine Mutter hat sich so lieb um Leif und mich gekümmert, als wir den Kater hatten und jetzt?!", vertraute sie sich Svea an. „Ich habe meinen Eltern versprochen, nie mit einem Jungen ohne Gummi zu schlafen! Nie! Das habe ich nicht gewollt! Scheiß Alkohol!"

Noch glaubte ihre beste Freundin, dass Imke vielleicht einfach nur unter Stress sei und versuchte sie nach Kräften zu trösten. Als zwei weitere Monate ohne Periode folgten, vertraute sich die 19jährige Imke doch noch ihren Eltern an. Nach dem Geständnis war es im Zimmer still wie in einem Grab. Das Mädchen schaute vom Vater zur Mutter. Keiner von ihnen brachte ein Wort heraus. Die Geräuschlosigkeit wurde nur durch schweres Schlucken und ein Atmen, das Schluchzen verhindern wollte, unterbrochen.

„Ihr wart betrunken", stellte die Mutter gezwungen neutral fest.

„Aber wir wollten zuerst beide nicht, weil wir uns trotz Alkohol bewusst waren, dass wir keine Gummis hatten!", erwiderte Imke lauter als nötig. „Wir sind vernünftig, Mama!"

„Und trotzdem bist du schwanger." Der Ton des Vaters war ruhig, als redete er über etwas

Alltägliches. „Da du uns leider nicht gesagt hast, dass du deine Tage nicht hattest, könnte es für einen Abbruch zu spät sein."

„Ein Abbruch?", rief Mette, die mit Fiete ebenfalls in ihrer Sphäre vor Ort war. „Was ist das?"

Fiete nahm seine Liebste fest in den Arm. „Das heißt: Wegmachen."

Jedes weitere Wort verschwamm unter Mettes Schocktränen. Die Geisterfrau sackte in den starken Männerarmen zusammen. Ihr Körper wurde immer wieder geschüttelt und von Weinkrämpfen überrollt.

„Unser Kind...", hauchte sie rau.

Imke, die neben ihrer Mutter auf dem Sofa saß, sackte zur Seite. Wie ein Kind weinte das Mädchen in den vertrauten Schoß. „Ich bin doch noch zu jung... aber ich will das Baby nicht umbringen."

Fiete schnaufte bei dieser Äußerung erleichtert auf. Er war zwar ein standhafter Seemann, aber beim Tod vom Imkes Leibesfrucht würde seine Liebste zerbrechen. Es schmerzte den Mann bereits jetzt, Mette noch mehr leiden zu sehen, glaubte Fiete

nicht aushalten zu können. Können Geister
denn noch einen Tod sterben und damit in
eine andere Existenz? Durch diese Gedanken
war Fiete so sehr abgelenkt, dass er den
weiteren Verlauf des Gesprächs nicht mehr
verfolgte.

Die Geister bekamen erst am nächsten
Morgen wieder eine Unterhaltung mit.

Die Familie saß am Frühstückstisch. Alle
hatten die Köpfe gesenkt. Der Vater rührte
viel zu lange seine Milch in den Kaffee.
Imkes Mutter schmierte sehr konzentriert ihr
Brötchen. Die schwangere Jugendliche starrte
ins Leere. Sie rührte weder den Kaffee noch
eines der Brötchen an.

Besorgt tippte Uta ihre Tochter an. „Iss bitte
etwas, Kleines."

Imke dreht den Kopf Richtung Stimme. „Ich
hab Schiss, Mama. Mein Magen ist wie
zugenäht."

„Ich kann es mir vorstellen." Ihre Mutter
nahm die Hand der Jugendlichen. „Trotzdem:
Bitte iss was. Für das Baby."

Nach einigem Hin und Her kaute das
Mädchen endlich lustlos auf zwei kleinen

Stücken Brötchen mit Butter und Marmelade herum. In die Schule würde sie heute nicht gehen. Stattdessen hatte Imke einen Arzttermin. Dort würde sich herausstellen, ob die Jugendliche tatsächlich bald Mutter würde. Für das Mädchen war es die Hölle. Sie fühlte sich viel zu jung, jetzt ein Kind großzuziehen. Was war mit ihrem Traum: Master in Keltologie? Oder zog sie einfach die Idee der eigenen Familie vor? Würde Imke das schaffen? Mit Leif? Beide kannten sich kaum. Wie sollte ihre junge Beziehung das aushalten?

Viele dieser Überlegungen waren den beobachtenden Geistern völlig fremd. Denn in ihrer Zeit kannte man sich vor der Heirat nicht besonders gut und bei einer Schwangerschaft wurde selbstverständlich geheiratet.

Das Wartezimmer glich für Imke einer Folterkammer, weil sie gezwungen war, sich mit ihrer ungewissen Zukunft auseinander zu setzen. Das Mädchen war zwar schon 19, also nicht mehr viel zu jung für ein Kind, aber sie fühlte sich noch wie eines. Ihre

Gedankenschleifen ruhten nur bei kurzen Unterbrechungen von außen. Dazu gehörte das Baby, das auf dem Arm seiner Mutter ins Wartezimmer kam. Der weibliche Säugling entsprach noch exakt dem Kindchenschema mit dem großen Kopf, den Hamsterbäckchen und den großen Kulleraugen, weshalb das winzige Mädchen Imkes Herz erwärmte. Der schwerwiegende Gedanke namens Abtreibung war kurz wie weggewischt. Die junge Mutter nahm die Blicke wahr, sie zwinkerte dem unsicheren Teenager zu. Zuerst alberte diese aus der Ferne mit dem fremden Säugling herum: Imke zog Grimassen oder winkte vorsichtig. Als die Tränen in ihren Augen zu brennen begannen, tauchte zum Glück die medizinische Fachangestellte auf, die Imke aufrief. Sowohl für sie selbst als auch für Fiete und seine Mette war die folgende Untersuchung unangenehm. Wirklich fremd war die Behandlung nur den Beobachtenden, denn das Mädchen war vor fast genau einem Jahr bereits untersucht worden, weil sie die Pille nehmen wollte.

„Ich kann doch gar nicht schwanger sein,

wenn ich keine Pille vergessen habe."
wisperte sie so leise, dass die Ärztin
nachfragen musste.

Diese tätschelte den Oberschenkel auf dem
Untersuchungsstuhl. „Wir warten das Labor
ab, Imke. Aber auch, wenn du die Pille
regelmäßig genommen hast, kann was schief
laufen. Zum Beispiel, wenn du dich
übergeben hast."

Die Angesprochene dachte angestrengt nach.
Als ihr einfiel, dass sie eine Woche vor
Hallowe'en Durchfall gehabt und die Pille
nicht nachgenommen hatte, ließ Imke sich auf
dem Untersuchungsstuhl zurücksinken.

*Fiete und Mette zitterten vor Aufregung, als
ein Anruf der Arztpraxis kam. Auch die
Stimme von Imkes Vater zitterte, als er
antwortete. Die Geister hatten den Vorteil,
dass sie beide Seiten des Dialogs hören
können.*

*„Guten Tag, Herr Peter. Hier ist die Praxis
von Dr. Lang. Ich wollte Ihnen die
Untersuchungsergebnisse mitteilen. "*

Imkes Vater schluckte hart und hörbar.

„Werde ich Großvater?"

„Ja. Imke ist in der vierten Woche schwanger. Darum sollte sie in den nächsten Tagen vorbeikommen, damit Dr. Lang sich das Baby ganz genau ansehen kann."

Der Freudentanz der Geister verhinderte, dass diese mitbekamen, wie sehr Herr Peter von der Nachricht gebeutelt wurde. Fiete und Mette hatten nur noch Augen füreinander. Sie küssten und umarmten sich. Ihr Wispern, das niemand anderer hören konnte, handelte von dem Ungeborenen.

Anders als Fiete und seine Liebste freute sich keiner der atmenden Verwandten wirklich über die Nachricht. Imke brach auf der Stelle in Tränen aus und sackte zusammen. Ihr Glück war, dass ihre Mutter damit gerechnet hatte. Darum stand die Frau so nah bei ihrer Tochter, dass sie diese auffangen konnte. Leif war sehr erleichtert darüber, denn seine Knie wurden bei der Nachricht ebenfalls sehr weich. Statt seine Freundin also vor einem Sturz zu bewahren, beschränkte sich der werdende Vater auf das Holen des

Wasserglases. Er half seinem zitternden Schatz beim Trinken und tätschelte Imke dabei die Hand.

„Ich weiß, dass wir das schaffen, Imke!", flüsterte er, rau von einem Kloß im Hals geworden. „Ich bin für dich da. Für dich und das Baby. Ich heirate dich auch, wenn du willst!"

„Heiraten?" Die jugendliche Schwangere schnaubte unter Tränen. „Das ist doch viel zu schnell! Leif, ich hab keinen Bock, mich immer an dich zu binden, obwohl wir uns kaum kennen!" Dann wurde sie plötzlich versöhnlicher. „Ich bin verliebt in dich! Aber ich habe Angst, was werden wird. Wir haben doch gar keine Zeit mehr, uns wirklich kennenzulernen!"

Mette enttäuschte diese Reaktion. Aber diese junge Frau war in einer anderen Zeit aufgewachsen. Der Geist haderte mehr und mehr damit, dass sie dem Mädchen nicht wirklich helfen konnte. Deshalb suchte Mette immer wieder Imkes Nähe...

Für diese war die kommende Zeit sehr

seltsam. Sie fühlte sich viel zu jung für die kommende Mutterrolle. Imke war hin und her gerissen zwischen ihrer Angst und einer aufkeimenden Vorfreude und dann gab es auch plötzlich diese Träume. In denen tauchte immer wieder eine Frau auf, die liebevoll ein Baby in den Armen wiegte. Dazu sang diese ein Gute-Nacht-Lied in Platt. Die Szenerie hatte nichts Modernes. Doch wer wusste schon, was im Unterbewusstsein verbunden wurde? Darum wunderte sich Imke zuerst nicht und erzählte nur Leif davon, als dieser ebenfalls von ähnlichen Träumen berichtete. Diese stimmten mit denen seiner Freundin darin überein, dass die Szenen nicht in der heutigen Zeit spielten. Auch er sah die Mutter, jedoch aus den Augen des Kindsvaters. Dieser Mann ging sehr zärtlich mit seiner kleinen Familie um...

Darüber hinaus schweißte die gemeinsame Unsicherheit die Teenager noch enger zusammen. Leif war immer für sein Mädchen und das Ungeborene da. Ihre Beziehung hielt. Für den Studenten war sofort klar, dass er die Uni abbrechen würde, damit der baldige Vater eine Ausbildung beginnen könnte. Zuerst wehrte Imke sich vehement gegen diese Entscheidung.

„Du wolltest studieren, Leif!", ereiferte sie sich. „Jetzt wirfst du deine Zukunft einfach weg!"

„Ja, wollte ich. Aber jetzt habe ich eine Familie mit dir!"

Doch Imke akzeptierte das nicht. „Dazu muss du sicher nicht alles wegwerfen wie Scheiße! Sicher, dass du das nicht bereuen wirst!? Willst du allen Ernstes das deinem Kind erklären, dass du wegen ihm deine Träume weggeworfen hast?!"

Streitereien dieser Art endeten sehr oft in Imkes Tränen und dem Abrauschen von Leif, welches jedoch nur bis zur Haustür reichte. Außerhalb des Blickes seiner Freundin regte der Jugendliche sich schnell wieder ab. Während der ganzen Zeit behielten die Geister ihre ehemaligen Wirte im Auge.

Fiete und Mette platzten fast vor Stolz, als die jungen Leute ihr gemeinsames Leben zunehmend in den Griff bekamen. Als der heiße Sommer das Land erdrückte, verließ

Leif die Universität. Er suchte nicht lange nach einer Lehrstelle, weil der werdende Vater nahm, was er bekam. Leif wurde ein Bankkaufmann, einem Beruf also, mit dem er seine kleine Familie versorgen konnte. Das beruhigte den Teenager enorm, der durch die kommende Verantwortung sehr gereift war. Den beiden Geistern gefiel, wie verantwortungsvoll die Jugendlichen mit der ungewöhnlichen Situation umgingen. Wenn es so weiterging, konnte nichts mehr schief laufen...

Die Monate zogen sehr ruhig ins Land, während Imkes Bauch sich immer mehr in eine hübsche Kugel verwandelte. Als die junge Frau spürte, dass das Kind sich in ihr bewegte, wuchs ihre Liebe für den kleinen Menschen noch mehr. Damit trat die Unsicherheit der Anfangszeit immer mehr in den Hintergrund. Was blieb, waren Zuversicht und wachsende Vorfreude.

Jetzt liebte die sichtbar Schwangere den gemeinsamen Einkauf von Babysachen mit ihrer Mutter. Schnell war ein Vorrat an nützlichen Dingen für den neuen Erdenbürger angelegt. Dazu gehörten nicht nur Strampler. Hätte Frau Peter nicht eingegriffen, das Baby wäre unter viel zu vielen Kuscheltieren verschwunden, gleich nach der Geburt. Dank der Großmutter wurde dieses Risiko abgewendet. Abgesehen von ihrem Kaufrausch verhielt sich Imke sehr erwachsen. Sie besuchte neben den üblichen Kursen aus Neugier auch einen für jugendliche Babysitter sowie einen Erste-Hilfe-Kurs für Säuglinge. Nebenbei las die werdende Mutter stapelweise Fachliteratur. Doch als Imke bei Beginn des Mutterschutzes die Uni verlassen musste, wurde ihr schnell langweilig. Das Einzige, was sie ablenkte, weil es ihr Angst machte, waren die Träume und die Tatsache, dass sie selbst plötzlich die Lieder aus ihnen sang, obwohl Imke nie Platt gelernt hatte. Weil die Jugendliche wieder unsicher wurde, konnte sie den Geburtstermin kaum erwarten.

Bis der große Tag endlich gekommen war.. Alle waren gespannt wie Bogensehnen. Die

Tasche für Mutter und Kind war seit einer Woche fertig gepackt, weil Imke starke Übungswehen gehabt hatte. Doch der lang ersehnte Star des Rummels ließ auf sich warten.

„Glaubst du, es wird ein Mädchen?", wisperte Mette, weil sie die schlafende Imke nicht wecken wollte.

Fiete brach wegen dieser unnötigen Vorsicht in ein lautes Lachen aus. „Die Deern hört dich nicht, Maus! Hmmm, ob es eine kleine Mette wird, ist schwer zu sagen, denn die jungen Leute wollten es auch nicht wissen. Ich werde sicher nicht in Imkes Bauch steigen und nachschauen!"

Dafür erntete der aufgeregte Seemann einen Schlag gegen den Hinterkopf.

Mit diesen Spielereien vertrieben sich die Geister ihre Wartezeit. Im Gegensatz zu den atmenden Hausbewohnern waren diese beide nicht sonderlich aufgeregt. Bis -

Ein inzwischen vertrauter Schmerz durchfuhr Imke, als schon keiner mehr an die Geburt dachte. Es entlockte ihr einen entsprechenden Laut, sodass die werdende Mutter plötzlich von allen angestarrt wurde. Als das Mädchen aufstand, fühlte sie, wie etwas Nasses an ihren Schenkeln herunterlief. Es war fast, als hätten alle geschlafen. Als die Information im Bewusstsein angekommen war, verwandelte sich das Haus in einen Bienenstock. Zu allererst wurde Imke zum Hinlegen gezwungen. Leif blieb bei seiner Freundin, damit diese die Ruhe einhielt. Währenddessen riefen die Großeltern einen Krankenwagen, da keiner die Autofahrt riskieren wollte.

In der Klinik sah zuerst alles völlig normal aus. Die anwesenden Geister waren irritiert durch den Wehenschreiber und andere technische Errungenschaften, aber alles lief wie gewollt. Bis der Herzschlag des Kindes erst unregelmäßig, dann rasend schnell wurde und plötzlich aussetzte. Imke hatte das Gefühl, ihr eigenes Herz habe gerade aufgehört zu schlagen. Sie wurde weiß wie ein Laken und bekam kaum noch mit, was um sie herum geschah. Die Schwester scheuchte zuerst die Verwandten nach draußen, bis auf eine Person, die Imke in den OP begleiten durfte.

„Ein Kaiserschnitt? Fiete! Das Baby!!!"

Mette sah aus, als würde sie zusammenbrechen, weshalb Fiete in den Körper von der werdenden Großmutter schlüpfte. Bevor er ging, schickte er seiner Liebsten über ihre Gedankenverbindung einige beruhigende Sätze. Imkes Vater übernahm diese Rolle in der greifbaren Realität. In einem vertrauensvollen Ton beteuerte er, dass die Ärzte routiniert wären, was den Eingriff anging. Außerdem erinnerte er seine Tochter daran, dass diese während der Operation nie alleine war, denn Mutter würde nicht von ihrer Seite weichen. Derweil würde er selbst verhindern, dass der Kindsvater zusammenklappte. Von den Vorbereitungen bekam Imke kaum etwas mit, denn die Panik trübte ihre Wahrnehmung. Deshalb war sie froh, als ihr Bauch durch einen Vorhang von ihrem Blick abgeschirmt wurde. So konnte die Gebärende sich mehr auf ihre Mutter konzentrieren, die neben ihrem Kopf saß. *Es kostete Fiete eine Menge Überwindung, die Haare einer fremden Frau zu streicheln. Aber der Seemann wusste, wie wichtig es jetzt war, dass die junge Frau sich nicht aufregte. Aus der Quelle, die ihm vor einiger Zeit gesagt hatte, er müsse ein Kind zwingend in der Samhainnacht zeugen, wusste Fiete, dass das Baby geboren werden und atmen musste. Da der Mann aus einer anderen Zeit kam und von Medizin nichts wusste, fragte die Mutter der Patientin des Öfteren, wie lange es wohl noch dauern würde. Die Ärzte waren leicht genervt von ihr und froh, als das Baby endlich aus dem Operationsfeld gehoben werden konnte. Fiete konnte es kaum glauben, dass da gerade auch sein Kind in die Luft gehoben wurde.*

„Herzlichen Glückwunsch, Frau Peter!", ergriff der leitende Arzt das Wort. „Zu diesem wunderschönen, gesunden Mädchen!"

In diesem Moment begann die Neugeborene zu schreien. Etwas Schöneres hatte Fiete noch nie gehört. Er schlüpfte aus dem Körper von Imkes Mutter, weil der Mann gar nicht erwarten konnte, bis er seine Mette im Arm hielt. Zusammen kehrten die Geister in den OP-Saal zurück.

Dort war zu diesem Zeitpunkt die Hölle los, denn das gerade geborene Mädchen hatte zu atmen aufgehört. Imke weinte und ihre Mutter wurde nach draußen geschickt. Schwestern rannten umher, als die Ärzte sich an die Wiederbelebung des Säuglings machten. Wären nicht die Beruhigungsmittel gewesen, die junge Mutter wäre durchgedreht. Da waren sich die Ärzte später sicher. Außerdem waren diese alle froh, dass Imke in Ohnmacht fiel. So musste die junge Frau nicht sehen, dass alle Versuche, ihre Tochter ins Leben zurückzuholen, fehl schlugen...

Was keiner der Anwesenden wusste, das Kind war einfach nur zu seinen Eltern zurückgekehrt, so wie es immer hatte sein sollen....

Raban

Das fahle Licht des Vollmondes erleuchtete den alten Waldfriedhof Münchens. Unter dem wolkenlosen Sommerhimmel schlummerten umgestürzte Kreuze und von den Jahrhunderten zerfressene Grabsteine. Viele von ihnen befanden sich hier schon so lange, dass niemand mehr ablesen konnte, wer hier lag. Kein Mensch besuchte sie mehr, die Arme voller Blumen zum Gedenken an die Toten. Dieser Teil des Waldfriedhofes war verwildert und inzwischen ungenutzt. Dass ein Waldkauz in den Baumkronen über ihnen klagte, störte weder Stein noch Holz. Sie und diejenigen, die unter ihnen vergehen, schlummern.

Alle kannten den lautlosen Flug des Vogels, dessen Name „Hexe" bedeutet. Wohlbekannt war den Toten und ihren Wächtern das drohende Knacken des scharfen Raubvogelschnabels, wenn ein Konkurrent ihm seine Beute streitig machen wollte. Die rostbraunen Federn mit ihren tarnenden Flecken ließen den recht großen Vogel mit seiner Umgebung verschwimmen, so dass er selbst zum Geist wurde. Windstill lag die Szenerie da. Alles wirkte wie ein wahr gewordener Stereotyp. Nur der Nebel fehlte, doch das lag an der Jahreszeit. Im Sommer war die Luft nicht feucht genug.

***

Sabina Drechsler ärgerte sich über Klischees. Egal welche. So oft sie konnte, durchbrach die Studentin diese eingefahrenen Stereotype. Doch gerade erfüllte sich wieder eines:
Im Baum neben ihr saß ein Käuzchen. Ein Männchen genauer gesagt. Auf dessen klagendes „Komm mit!" reagierte die junge Frau gar nicht. Noch nicht einmal mit Unwillen. Sie war zu beschäftigt, als dass es sie heute Nacht gestört hätte, dass auf dem Friedhof ein Waldkauz rief. Aber, dass der „kuwitt"-Ruf der Männchen einen in den Tod locken will, ist und bleibt ein verdammtes Vorurteil. Erst ärgerte es Bina, dass sie ein Teil des unheimlichen Friedhofsklischees geworden war, dann nahm die Studentin es doch hin. Außerdem durchschnitt der Tierlaut

das Einerlei des Geräuschs, wenn Erde auf Erde fällt. Dieser seltsame Klang entstand, weil Studentin mit bloßen Händen ein Grab öffnete. Während sie gleichmäßig schaufelte, schützte das Gestrüpp, das diesen Teil des Waldfriedhofs vom benutzten abschirmte, die Störerin vor neugierigen Blicken. Falls es solche um diese nachtschlafende Zeit überhaupt gab. Durch diese Tätigkeit hatte Bina Drechsler die verhassten Klischees des gruseligen Friedhofs durchbrochen. Denn von Grabschändung war darin nie die Rede. Es war ohnehin erstaunlich, dass das Grab, an dessen Inhalt Bina so brennend interessiert schien, noch existierte. Die Lettern auf dem umgestürzten Stein waren bis auf wenige unkenntlich. Doch die Ziffern hatten sich erfolgreich gegen den Zahn der Zeit gewehrt. Das Metall erzählte von zwei Leben, die in der Ehe eines geworden waren, und in denen die 18 die ersten beiden Stellen der Lebensdaten einnahm.

Wer dort lag, wusste die angehende Tierärztin aus beunruhigenden Träumen. Im ersten hatte Bina ein Haus gesehen.

Eine Frau lag in den Wehen. Diese schrie ihren Schmerz so laut heraus, dass sogar die Träumende ihr Klagen hörte, obwohl sich die junge Frau zu diesem Zeitpunkt außerhalb des Gebäudes befand. In das Stöhnen mischte sich das heisere Krächzen von Raben. Bina folgte dem schauerlichen Rufen mit den Augen. Der Schwarm schwebte wie eine schwarze Wolke vor dem vollen Mond. Als die Laute der Gebärenden in einem Wimmern verebbten, löste sich ein Vogel aus der wabernden Masse und schwebte von Osten her zum Haus. Davon neugierig gemacht, entschlüpfte Bina ihrem Versteck. Mit vorsichtigen Schritten eilte die Träumende zu dem Fenster, auf welches der schwarz Gefiederte zusteuerte. Als sich der Rabe auf den Sims setzte und energisch gegen die Scheibe klopfte, lugte die junge Frau durch das Glas. Der Mann, welcher zum Fenster kam, blickte durch Bina hindurch. Ihr tierischerer Begleiter ließ sich nicht vertreiben. Krächzend umrundete er den Menschen, bevor der Vogel sich auf dem Bett niederließ. Dort lag ein schreiendes männliches Neugeborenes in den Armen der völlig erschöpften Mutter. Hüpfend näherte sich der vermeintliche Todesvogel dem kleinen Erdenbürger. Als dessen Vater dies bemerkte, wollte er den ungebetenen Besucher vertreiben. Doch der Rabe ignorierte die Hektik. Mit leisen, liebevollen Lauten erreichte das Tier den Jungen. Sobald er dort ankam, streichelte der Schnabel, die vom Schreien geröteten Wangen. Bina hielt den Atem an. Doch ihre Angst war unbegründet. Denn der Vogel beruhigte das Baby, so dass dieses endlich schlief. Dafür dankbar nannte der Vater seinen Sohn „Raban", den kleinen Raben. Damit endete der erste Traum.

In einem weiteren traf die junge Dame das Ehepaar aus ihren nächtlichen Bildern wieder. Das Haus erkannte Sabina sofort, denn sie hatte den gleichen Beobachtungsposten.
Nach dem ersten Traum hatte die Studentin recherchiert. Die Leute im Traum stammten aus der Zeit um 1900. Das schloss Bina aus deren Kleidung und der Einrichtung des Zimmers, in welchem sich die beiden

befanden. Vor den Fenstern bedeckte das Dunkel der Nacht die Landschaft. Sterne funkelten in dem Schwarz des Himmels.

Ohne Vorwarnung und ohne, dass sie sich bewegt hatte, stand die Träumende nicht mehr in ihrem Versteck bei den Büschen, sondern lag unter dem Bett, in dem Raban geboren worden war.

Plötzlich klopfte es laut.

Da die Eheleute keine Dienerschaft hatten, ging der Hausherr selbst zur Tür. Kurz darauf kam er zurück, gefolgt von unheimlichen Gestalten. Die Männer hüllten sich in schwarz. In den Gesichtern ist keine Freundlichkeit zu erkennen. Die Frau zittert stumm. Sie hält sich schützend den Bauch. Den nun folgenden Streit konnte die Träumende nie entschlüsseln, weil dieser stumm geschaltet war. So, als ob sie versehentlich eine Taste der Fernbedienung gedrückt hätte. In diesem Momenten wünschte sich Bina, dass sie Lippen lesen könnte, denn was folgte, erschütterte die junge Frau jede Nacht erneut. Vor allem, weil dieser Traum sich in Endlosschleife wiederholte.

Das Beängstigende blieb. Auch dann noch, als ihr längst bewusst war, was das Kopfkino gleich zeigen würde. Jedes Mal erschrak Bina fast zu Tode, wenn einer der Männer, wieder für die Beobachtende hörbar, eine Anklage vorbrachte.

„Gustav Fenner, du und deine Familie habt uns die Treue geschworen und euren Schwur gebrochen. Das können wir nicht hinnehmen!"

Die düsteren Gestalten holten Äxte unter ihren Mänteln hervor und metzelten den Mann und seine schwangere Gattin nieder, indem sie die Brustkörbe spalteten. Manchmal stoppte der Traum hier. Oft lief der Film noch ein Stückchen weiter. In diesen Fällen schlüpfte ein verängstigtes Kind, vielleicht acht Jahre alt, aus seinem Versteck. Weinend stürzte der dürre Junge zu den Eltern. Unbeholfen griff er der Mutter in die Brust, weil er versuchte sie wieder zum Leben zu erwecken.

Genau in dem Moment klopfte es jedes Mal erneut. Die Tür wurde dann gewaltsam geöffnet. Binas Unterbewusstsein gönnte ihr erst Ruhe, nachdem der verängstigte Junge von Polizisten weggeschleift wurde und die Träumende über die Schulter ein letztes Mal flehend ansah.

Wenn Bina nach dieser Szene noch kein erlösendes Erwachen gegönnt war, wechselte die Zeit in die Gegenwart. Die Studentin beobachtete in diesen Fällen ihr Traum-Ich, das suchend über den Waldfriedhof irrte. Genauer gesagt: Über den ungenutzten Teil. Durch die zahlreichen Wiederholungen der nächtlichen Bilder kannte die junge Frau jedes verrottete Blatt am Boden und alle Grabsteine und Kreuze, die ihren Weg säumten. Ziel ihrer Suche war immer diese eine Ruhestätte aus dem ausgehenden vorletzten Jahrhundert.

Ihr bester Freund, Psychologiestudent Gregor Benike, fände es sicher nicht gut, was Bina erst im Traum und dann in der Realität hier tat. Ihre Albträume von besagtem Grab deutete der Ältere als Stressreaktion auf den Umzug und den Studienbeginn im vergangenen Semester. In Sabinas Interesse für Friedhöfe, der Angewohnheit dort zu lernen und sich an Kindergräbern auszumalen, was aus den Kleinen geworden wäre, sah Gregor Zukunftsängste. Gregor, ihr bester Freund in der Großstadt. Nicht, dass die angehende Tierärztin ein Landei wäre, aber München ist durchaus eine Hausnummer. Sie vertraute dem älteren Studenten fast alles an. Dass Bina sich heute Nacht über die Straße schleichen und eine Straftat begehen würde, hatte die junge Frau wohlweißlich verschwiegen. Obwohl ihr das große Angst machte. Die Stimme, die an der Schwelle zum Schlaf in ihren Kopf kroch, drängte sie seit Tagen zu einem nächtlichen Grabbesuch. Beim ersten Mal hatte Bina Gregor von der Traumstimme und ihrem eigenen Verlangen, den Befehl auszuführen, erzählen wollen. Dies hatte die junge Frau jedoch nie umgesetzt. Weil ihr nächtliches Kopfkino derart erfunden klang, schwieg Bina lieber. Außerdem wollte sie ihre Aufgabe nicht gefährden. Jene bestand klar darin, die Überreste des Kindes zu finden und diese bei den Eltern zu bestatten. Gregor hätte sie daran hindern wollen.

Wie hätte die junge Frau den Zwang zur

Störung der Totenruhe plausibel erklären sollen, dem sie gerade erlag? Durch Träume? Bina wollte das Wispern des Kindes, das sie in ihren Albträumen geleitete, seit sie das Grab zufällig entdeckt hatte, loswerden. Doch wie, das wusste die junge Frau nicht. In einem war Bina sich jedoch sehr sicher: Friedhöfe waren für sie ein Ort der Entspannung und Ruhe. Jedoch keiner, der Angst und nächtlicher Panikattacken verursachte. Vor der Entdeckung des besagten Grabes hatte die Studentin durch den verwilderten Teil des Friedhofs stromern wollen. Dabei war die junge Frau über besagten Grabstein gestolpert. Weil Bina sich dabei das Knie aufgeschlagen hatte, blieb sie kurz liegen. Dabei hatte die Leichtverletzte kurz die noch erhaltenen Lettern betrachtet, bevor sie sich fluchend aufrichtete.

Als die junge Frau über die Fürstenrieder Straße nach Hause humpelte, legte sich Kälte trotz der Windstille um ihre Schultern wie ein Dreieckstuch. Davon schauderte die Studentin. Schon beim nächsten Atemzug stach ihr die Sommersonne in den Nacken.

Der Grabfund und der plötzliche Kälteschauer schienen Jahre zurück zu liegen, obwohl es vor 14 Tagen geschehen war.

Während sie darüber nachdachte, wie es zu den heutigen Ereignissen gekommen war, hatte der große Zeiger schon zwei Mal das Ziffernblatt der Turmuhr umwandert. Vor zwei Stunden hatte die Grabschänderin die erste Handvoll Erde beiseite gelegt. Jetzt schien sie am Ziel. Die junge Frau warf einen Blick, auf das, was vor ihr in der Grube ruhte. Die Studentin erstarrte, stammelte „Also doch!" und sackte noch am Grab zusammen.

Bina Drechsler schreckte schweißgebadet hoch, tastete neben sich. Ihre Augen waren schlafverklebt. Der Kopf wie mit Watte gefüllt.
Spannleintuch? Aber ich war doch... und ich habe... alles ein beschissener Traum? Die Verschlafene blinzelte. Dabei erkannte sie schemenhaft ihr Poster über die Anatomie des Pferdes über dem Schreibtisch. Sie war in

ihrem WG-Zimmer. Fürstenrieder Straße 307[7], München. Bina drehte sich zu ihrem Wecker. 5 Uhr 56. In vier Minuten sollte sich das Ding bemerkbar machen. Obwohl ihr Körper noch bettschwer war und sie erbarmungslos in die Matratze zog, kämpfte sich Bina aus der Decke.

Heute fiel ihr wieder auf, dass ihr Zimmerfenster weder über Rollläden noch Vorhänge verfügte. Das hatte Bina nur am Ankunftsabend irritiert. An ihn dachte die Studentin, während sie Kleider aus ihrem Schrank nahm.

Ihre Mitbewohnerin Marie hatte ihr das Zimmer gezeigt und über die Bemerkung bezüglich des „schutzlosen" Fensters zur Straße schallend gelacht.

„Süße, abends kannst du dich ruhig in deinem Zimmer umziehen!"

„Ich liefere doch keine Gratis-Peepshow!", war Binas entrüstete Antwort gewesen.

Darüber hielt sich Marie vor Lachen den Bauch. „Wenn von denen einer applaudiert,

---

7 Die Wohnung habe ich tatsächlich schon oft besucht.

bist du eine verdammt talentierte Nekromantin, Sabina!"

Erst durch diese Bemerkung war Bina bewusst geworden, dass auf der anderen Straßenseite der alte Teil des Waldfriedhofs lag.

6 Uhr 20! Ihre Erinnerungen hatten der jungen Frau wertvolle Minuten geraubt! Jetzt würde sie sich zu ihrer Frühstücksverabredung mit Gregor verspäten! Denn noch stand sie im Sleepshirt da. Laut fluchend über den krassen Traum, in dem sie ein Grab geöffnet hatte, schlüpfte Bina im Zimmer in die Klamotten. Katzenwäsche, Zähne putzen, fix mit dem Kamm durch die Haare und schon war die Studentin der Tiermedizin auf dem Weg zur Bushaltestelle.

Gregor trommelte in gespielter Ungeduld auf die Tischplatte. Er legte großen Wert auf Pünktlichkeit. Bina sah darüber hinweg. Für sie war es heute wichtiger, dass im Inneren des bei Studenten beliebten Cafés außer ihnen keiner saß. Stattdessen quoll der Innenhof bei der Sommerhitze fast über. Drinnen zu schwitzen war der jungen Frau lieber als weitere Zuhörer. Von diesem Grabschädungstraum zu erzählen, war schon unangenehm genug. Anfangs hatte sich die Studienanfängerin noch über die nächtlichen Bilder amüsiert. Das käme davon, wenn man lieber zwischen Gräbern lerne als in der Bibliothek, sagte sie sich danach und ihr bester Freund fand diese Erkenntnis sehr naheliegend. Eine Bemerkung über die seltsamen Lerngewohnheiten schluckte Herr Benike bei Binas übermüdetem Anblick runter. Er musterte seine beste Freundin ernst, nachdem deren Bericht geendet hatte. Denn die Verängstigte hatte wiederholt darauf bestanden, dass ihre Träume sich immer realistischer anfühlten. Sicherheitshalber schob Gregor diese Tatsache auf die bevorstehende Prüfung, damit Sabinas Panik sich nicht noch ausweitete.

„Bestell dir ein Frühstück!" Hoffentlich bemerkte sie sein angestrengtes Grinsen nicht, das Sorgen verschleiern sollte. „Du siehst übernächtigt aus!"

So fühlte sie sich auch. Platt wie ein

Schnitzel. Ihre Augen wanderten kaum zu einer Fixierung fähig über die Speisekarte.

Plötzlich erschien quer über der Karte ein Schriftzug. Die Schrift war ungelenk und wirkte, als sei verdünnte rote Fingerfarbe benutzt worden. „Ich will zu meiner Mama. §168 StGB" stand dort.

Vor Schreck lockerte Bina ihren Griff. Das Aufklatschen der Karte auf dem Boden löste ihre Trance. Die junge Frau war fast unfähig, die Speisekarte aufzuklauben, so sehr zitterte sie. Sie kannte den Satz. Ihn flüsterte die Traumstimme. *Dieses Rotbraun, in dem die Worte getrocknet waren...* Hastig durchblätterte die Studentin die Karte, als sie diese endlich wieder in Händen hielt. *Blut?*

.

„Bina?"

Gregor berührte ihren Arm. Dann bestellte er einen extra starken Espresso und ein eiweißhaltiges Frühstück. Mühsam hielt er das Gespräch aufrecht, das ihm überflüssig erschien, weil eine schreckliche Theorie in den Gedanken des Mannes Gestalt annahm. Aber in diesem miesen Zustand wollte der angehende Psychologe seine beste Freundin nicht alleine lassen. Jetzt brauchte sie ihn. Leicht fiel das Bleiben dem jungen Mann nicht. Viel lieber hätte Gregor auf der Stelle seinen Verdacht bezüglich der Träume überprüft. Nachdem seine beste Freundin unter viel zu langen Pausen ihren Teller zur Hälfte geleert hatte, brachte der Student sie wieder in die Fürstenrieder zurück.

Dort überredete er die junge Frau zu einer Schlaftablette. Gregor fühlte sich nicht gut dabei, dass er ausgerechnet Bina anschwindelte, was seine Beweggründe bezüglich des Medikaments betraf. Es ging primär nicht um das Nachholen von Schlaf. In Wahrheit wollte sich der junge Mann keine Gedanken um die Schlafende machen müssen. Er wollte, dass seine beste Freundin im Bett liegen blieb. Während Bina in einen traumlosen Schlummer fiel, überquerte ihr engster Vertrauter die Straße. Zum ersten Mal freute sich Gregor über den Detailreichtum der Alpträume. Dank dieser Schilderungen fand der besorgte Kumpel sich auf dem alten

Waldfriedhof zurecht, als besäße er eine Karte. Folglich dauerte es nicht lange bis der junge Mann die besagte Stelle ausmachen konnte. Als er bemerkte, dass das Grab aus Binas Traum in der wirklichen Welt frisch ausgehoben war, fühlte sich Gregor wie mit Eiswasser geduscht. Sein Dornröschen war in ernsthafter Gefahr. Selbst, wenn sich der Psychologiestudent nie als ihr Prinz gesehen hatte, entschied er sich, wenigstens an Binas Rettung maßgeblich beteiligt zu sein. Mit ihrem Schlüssel kehrte er in die WG zurück. Sein Schützling atmete noch immer tief und gleichmäßig. Vom dumpfen Verdacht getrieben, schlich Gregor zu Binas Schuhen, die im Flur standen. Dank der vielen gemeinsam verbrachten Zeit unterschied der Kumpel das Schuhwerk mühelos von dem, das Marie gehörte. Ganz langsam, weil Herr Benike vor der Wahrheit Panik schob und sein Magen förmlich krampfte.

Als der Student nach Bina gesehen hatte, waren ihm die schmutzigen Fingernägel aufgefallen. *Wenn ich jetzt auch noch Schuhe mit Friedhofserde finde...* Leider bestätigte sich der Verdacht. An Binas royal-blauen Ballerinas klebten Krumen, wie der Psychologiestudent sie am Grab gesehen hatte. Ein Zufall wäre zu weit hergeholt.

Der besorgte Kumpel zog alle Strippen, die er zu fassen bekam. Zuerst weihte Gregor seinen Supervisor Dr. Wolf Kauter ein. In dieser Situation brauchte er dringend eine objektive, professionelle Zweitmeinung. Die nächste Strippe war ein Anwalt, denn mit der Graböffnung hatte Sabina Drechsler eine Straftat begangen: Störung der Totenruhe, §168 StGB. Sollte die Polizei ihr auf die Schliche kommen, hatte Bina wenigstens juristischen Beistand.

In Gregors Augen hatte ein Therapeut momentan Vorrang, damit das Schlimmste verhindert wurde.

Wolf erklärte sich sofort bereit zu helfen, als er hörte, dass es um Gregors beste Freundin ging. Auch der Schlammassel, in dem die junge Frau steckte, weckte seine professionelle Neugier. Wozu das Unterbewusstsein fähig war, wenn man es von der Leine ließ, interessierte ihn schon seit mindestens einer Dekade. Neben Wolfs Tätigkeit als Therapeut forschte er eine Menge über Schlafwandeln, Träume und deren Auswirkungen. Bina passte mit ihrem lebhaften nächtlichen Kopfkino also perfekt in seine Forschungen. Am dringendsten wollte der Fachmann wissen, welche Beweggründe die junge Frau trieben. Woher kamen diese Traumbilder, die erst in München begonnen hatten?

Erst dachte der Therapeut an Überforderung, aber es wunderte ihn sehr, dass Sabina keine weiteren Symptome zeigte. Ebenfalls seltsam fand er, dass diese Träume nach einem Friedhofsbesuch begonnen hatten. Denn die junge Frau liebte Kirchhöfe, deshalb war es unwahrscheinlich, dass in diesem Ort der Grund der Verwirrung lag. Wenn Wolf ihr helfen konnte, würde er es tun. Vielleicht konnte der Therapeut mit Hypnose an die verdeckten Gründe der nächtlichen Qualen gelangen. Sobald er wusste, woran Sabina litt, könnte der Psychotherapeut ihr mit geeigneten Medikamenten vielleicht ein altersgerechtes Leben ermöglichen.

Bina war noch nie hypnotisiert worden. Sie war heilfroh über Gregors Anwesenheit bei der vorbereitenden Sitzung. Die ganze Zeit über hielt dieser die Hand der jungen Frau. Zuerst erschien ihr alles normal. Dr. Kauter schickte sie durch einen Wald. In diesen Bildern fühlte Sabinas sich wohl. Ihr Atem floss völlig ruhig und gleichmäßig. An ihrer nächsten Station blieb der jungen Frau fast das Herz stehen. Sie rang für die anderen sichtbar nach Luft.

„Was passiert hier, Dr. Kauter?!", schnaufte der besorgte Gregor.

„Halten Sie weiter ihre Hand." Wolfs Stimme war gelassen. „Ich helfe Sabina weiter in ihr Unterbewusstsein vorzudringen. Alles in Ordnung."

Kaum hatte Wolf die Patientin aufgefordert, den See, den sie gerade visualisieren sollte, zu betreten, zitterte die Angesprochene völlig unkontrolliert. Dabei riss sie die Augen weit auf und starrte ins Leere. Dr. Kauter versuchte die junge Frau aus der Hypnose zu holen. Ergebnislos... Von dieser ungewöhnlichen

Reaktion schockiert, alarmierten die Seelenklempner einen Krankenwagen. Die Ärzte beendeten den scheinbaren Krampf. Jedoch ergaben weder die neurologischen Tests noch die zahlreichen Blutuntersuchungen eine deutliche Spur. Während Gregor wegen einer Ohnmacht behandelt werden müsste, besprach Wolf sich mit seinen Kollegen, denn die ungewöhnliche Reaktion verwirrte ihn. Er wollte das Beste für seine Patientin und suchte deshalb Rat. Man würde die Hypnosesitzungen fortführen. Das Schlafwandeln und die Träume wollten die Fachleute medikamentös in den Griff bekommen.

Als Bina nach dem Vorfall in der Klinik erwachte, kreischte sie „Ich will in Mamas Grab!" Diese Worte schrie sie, bis eine Beruhigungsspritze die beginnende Endlosschleife abbremste. Durch das Medikament fand Bina einen unruhigen Schlaf. Während dieser Zeit flüsterte die junge Frau von Dingen, die einem Film die Altersfreigabe ab 18 eingebracht hätten:

„Da ist ein Junge! Acht oder so. Da sind zwei Leichen. Nein drei. Seine Eltern. Er sitzt zwischen ihnen. So viel Blut!" Bina hustete, denn sie hatte begonnen zu weinen. „Sie, die, die Brustkörbe! Aufgerissen! Meine Hände, meine Finger umfassen Mamas Herz. Ich möchte, dass es wieder schlägt! Ich bin so voller Blut, als die Männer in den schwarzen Mänteln kommen!"

Danach brach die Patientin schluchzend zusammen. Gregor tätschelte unsicher ihre Hand. Wenn die Therapie ihr doch nur helfen könnte...

Dr. Wolf Kauter fand bei einer darauf folgenden Sitzung heraus, dass sein Schützling die Traumbilder inzwischen auch im Wachzustand sah.

Ein Junge, der zwischen geöffneten Leichen kniet. Die beiden sind seine Eltern. Das Kind wispert immer wieder die entsprechenden Kosenamen. Tränen kullern über das dreckige Gesicht, wo sie Spuren hinterlassen. Durch den kindlich-naiven Versuch einer Herzmassage triefen die Hände und

Unterarme von Blut.

Der Therapeut bohrte weiter. Mit einer solchen Geschichte war Gregors Supervisor noch nie in Berührung gekommen. Diese Geschehnisse weckten Wolfs Neugier. Mit der Zeit kristallisierte sich etwas heraus. Seiner Kleidung und den verbleibenden Fragmenten auf dem Grabstein nach zu urteilen, hatte der mysteriöse Junge um die Jahrhundertwende gelebt. Das behaupteten die jungen Leute. Wolf war skeptisch. Trotzdem half er Gregor. Seine Recherchen führten den Therapeuten ins Stadtarchiv. Dort suchte er die Akten der in Frage kommenden Jahre. Diese breitete Dr. Kauter über den gesamten Tisch aus. Sorgfältig las er ein Schriftstück nach dem anderen durch. Der Mann hatte gerade vier Dokumente begutachtet, als ein heftiger Windstoß durch den Raum fegte. Gregors Supervisor folgte den herum wirbelnden Seiten mit den Augen. Dabei stellte er fest, dass alle Fenster und Türen fest verschlossen waren. Unwirsch schüttelte der verstandesbetonte Mann den Kopf. Zähne knirschend klaubte Wolf die Schriftstücke vom Boden und aus der Luft. Das Schauspiel des unerklärlichen Windstoßes wiederholte sich, bis der Nachforschende entnervt abbrach. Abschalten konnte er jedoch nicht. Denn ein Name, den Wolf noch nie in seinem Leben gehört hatte, geisterte durch seinen Kopf: „Raban".

In der nächsten Sitzung erwähnte der Therapeut ihn bevor er seine Patientin hypnotisierte. Bina reagierte, als kenne sie den Namen, obwohl dieser sehr altmodisch war. Wolf forschte nach. Durch geschickte Fragen kitzelte er heraus, dass es sich bei „Raban" um den Jungen aus ihren Träumen handelte. Gleich darauf verdrehte die junge Frau ihre Augen und verfiel in eine Trance. Aus dieser konnten weder Wolf noch Gregor sie wecken. Bina schilderte einen Doppelmord. Die Details waren so deutlich, als sei sie Zeugin. Der Psychologiestudent setzte die Befragung fort, während sein Supervisor mit den Kollegen der Uniklinik telefonierte. Mit der Piepsstimme eines Kindes erklärte seine beste Freundin, sie heiße Raban. Ihr Alter wisse sie nicht genau. Vielleicht acht. Schwarze Männer seien ins Haus gekommen. Mit Beilen hätten diese die Brust von Vater und Mutter gespaltet. Der kleine Bruder sei noch in Mamas Bauch. Er, Raban, habe versucht sie beide zu retten. Ihr Herz schlug nicht mehr. Dann kamen Polizisten. Sie schafften Raban weg. Dieser flüsterte in einem fort, dass seine Seele bereits bei den Eltern läge. Bliebe jedoch sein Körper verschollen, könne er niemals schlafen gehen.

Danach sackte die junge Frau zusammen. Trotzdem brach die Stimme den Bericht nicht ab. Aber die Worte stammten nicht mehr aus Binas Mund. Davon aufgescheucht wirbelte diese herum.

„Dort steht Raban!", wisperte die junge Frau. „Er sagt, dass nur seine Seele bei den Eltern liegt. Sein Körper ist irgendwo verscharrt. So lange der nicht auch im elterlichen Grab liegt, findet Raban nie endgültig Ruhe!"

Die Männer folgten ihrem zitternden Zeigefinger. Wolf erbleichte. Denn auch er sah die spindeldürre Kindergestalt mit dem spitzen Gesicht. Diese Begegnung schockierte den aufgeklärten Therapeuten. Dr. Wolf Kauter fiel in Ohnmacht.

Bina und Gregor halfen ihm wieder auf die Beine.

„Ich hab ihn auch gesehen!"

Sobald Wolf sich ein wenig beruhigt hatte, fragte er seine Patientin das zweite Mal nach der Graböffnung. Mit dem Unterschied, dass der Therapeut ihr heute glaubte. Die Schilderung unterschied sich nicht von der ersten. Der Wirklichkeit gewordene Traum war eine Aufforderung Rabans zur Graböffnung.

„Ich habe in das Grab gesehen." Binas Stimme brach bei der Erinnerung. „Aber dann fiel ich in Ohnmacht. - Raban ist dort drin!"

Wolf runzelte die Stirn. „Meine Nachforschungen haben ergeben, dass dieses Grab ein Doppelgrab ist. Darin liegen Gustav Fenner und seine schwangere Gattin Rachel. Von Raban gibt es nur einen Geburts- – und Taufeintrag. Mehr habe ich bisher nicht finden können. Aber Bina erzählte, dass Raban von Polizisten weggebracht worden ist. Vielleicht werde ich in den Akten der Strafbehörden fündig."

Bina öffnete ihren Mund und schloss ihn direkt wieder.

Dann hob sie erneut an. „Aber Raban ist da drin! Er existiert! Sie wissen das! - Und er wird erst Ruhe finden, wenn er sein eigenes Grab hat!"

Wolf griff die junge Frau am Arm. „Ja, aber das glaubt niemand. Die einzige Möglichkeit, die uns bleibt, ist der Polizei zu sagen, dass dort eine Leiche liegt, die nicht hinein gehört. Vielleicht findet der Kleine so Ruhe."

Der gefasste Plan wurde Stunden später umgesetzt. Da außer Dr. Wolf Kauter keiner der Zeugen am Telefon namentlich genannt worden war, hatten die beiden Studenten die Möglichkeit, der Exhumierung als seine Begleiter beizuwohnen.

Das Spektakel war schneller beendet, als es begonnen hatte. Der Leiter der Untersuchung teilte den Zeugen mit, es sei keine Kinderleiche in dem Grab gefunden worden. Lediglich die eines Ungeborenen, im Leib der Mutter. Bina hörte ihn etwas von

„Konsequenzen" sagen, worauf Dr. Kauter antwortete, sie blieben in der Stadt.

Der Therapeut log nicht. Er verschwieg lediglich, dass Bina diesen Fund nicht auf sich beruhen lassen konnte: Selbst, wenn die junge Frau es gewollt hatte. Zuerst wollte sich Sabina an die Weisungen der Polizei halten. Nach der Graböffnung, schlief die Studentin erschöpft in Gregors Bett ein. Alleine sein konnte Bina in dieser Nacht nicht. Nach Mitternacht schreckte ihr Gastgeber aus dem Sessel, in welchem er döste, auf. Seine Freundin zappelte unkontrolliert im Bett. Tränen quollen aus den fest geschlossenen Augen.

Die Träumende litt.

Diese stand am geöffneten Grab. Nebelgestalten hatten sich trotz der staubtrockenen Sommerluft um Bina versammelt. Von ihnen gedrängt, warf die Träumerin einen Blick in die Grube. Dort lagen Mutter und Vater einander gegenüber. Zwischen ihnen lagen ein zu winziger Säugling und ein durchsichtiges Kind. Raban. Dieser starrte Bina jedes Mal aus erloschenen

Augen an. Das Baby und Raban zittern, als sei tiefster Winter.

Nach außen wirkten die körperlichen Reaktionen wie ein Krampf, weshalb Gregor panisch einen Krankenwagen rief. In der Klinik schlugen die Medikamente jedoch nicht an. Die Ärzte waren machtlos. Der Horror endete erst, als Bina Drechsler erwachte. Sie war schweißgebadet.

Als die Studentin und ihr bester Freund endlich alleine im Krankenzimmer waren, schilderte die junge Frau den letzten Traum. Mit gebrochener Stimme beharrte Sabina auf ihrem Plan, Raban zu ewiger Ruhe zu verhelfen. Gregor widersprach vehement und war heilfroh, dass die Ärzte auf Schlaftabletten setzten. Unter deren Einfluss musste er keine nächtlichen Wanderungen seiner besten Freundin fürchten.

Mit Dr. Kauter vergrub sich der ältere Student erneut hinter staubigen Akten. Dieses Mal wälzten die Männer Polizeiberichte. Sterne glitzerten vorm Fenster und die Köpfe sackten fast auf die harten Tischplatten, als Wolf etwas Nützliches fand.

„Sieh her!", rief er. „Heute Nacht fanden wir den Jungen Raban Fenner, blutüberströmt, zwischen seinen bestialisch zugerichteten Eltern. Dieser behauptet, dass diese von Polizisten getötet wurden. Beweise für diese ungeheuerliche Anschuldigung sind keine zu finden. Auch behauptet das verstockte Kind, dass sein Vater und seine Mutter angeklagt worden wären zur (unleserlich) Sekte zu gehören."

Hier unterbrach Gregor seinen Supervisor. „Sekte?! In der Zeit wurde kein Ketzer mehr verfolgt! Das klingt unrealistisch!"

Dem stimmte Dr. Kauter zu. Er fand das Gelesene so schrecklich, dass es ihm den Magen hob. Darin hieß es, dass der Junge wegen des Dreifachmordes gehängt worden war, trotz der an den Haaren herbei gezogenen Anklage. Über die Lage der Stelle, an man die Überreste des armen Kindes verscharrte, fanden die Männer kein Wort. Wahrscheinlich war an einem Kreuzweg oder in einem Massengrab für die Armen verscharrt worden.

Bina hatte bei ihrer Suche mehr Glück, denn sie musste zum Recherchieren nicht aus der Klinik. Kaum, dass sie die Augen schloss, umwehte die seltsame Patientin ein Eishauch. Träume wiederholten sich wie Perlen an einer Kette mit nur zwei Farben. Sehr zum Unmut des medizinischen Personals weigerte Frau Drechsler sich zu schlafen. Die Nachfragen, auch von Psychologen, drängten die junge Studentin in die Enge. Dort eingekesselt, biss diese mit Worten um sich wie ein verletztes Tier. Zuerst schilderte Bina das nächtliche Kopfkino. In diesem und der körperlichen Reaktion erkannten die geübten Beobachter blanke Panik. Aus dieser zogen sie falsche Schlüsse, indem die junge Frau zur Einnahme von starken Medikamenten gezwungen wurde. Leider blieb die erhoffte Wirkung aus. Denn Sabina erwachte jeden Morgen und mitten in der Nacht nass vom Angstschweiß. Ihre Augen jagten, auch wenn sie wach war, hektisch hin und her. Gregor vertraute Bina heimlich an, dass sie Bauchschmerzen habe. Seine Sorgen standen dem jungen Mann ins

Gesicht geschrieben. Deshalb verzichtete seine beste Freundin auf das Bild, das ihre Gedanken hervorgebracht hatten. Für die Studentin fühlte es sich an, als sei ihr Körper ein Apfel, in den sich eine Wespe bohre. In klitzekleinen Stückchen arbeitete sich der Schmerz in ihr vor.

Im Schlaf enttarnte Bina das Reißen im Bauch. *Sie saß erwacht in ihrem Krankenbett. Etwas ist auf ihren Beinen, doch die sind in die Decke gehüllt. Dort, wo die Studentin etwas auf sich vermutet, zeigt die Bettwäsche eine kleine Beule, die sich bewegt. Panik umklammerte die Patientin. Doch sie schaffte es trotzdem, sich aufzudecken. Vor ihr saß Raban. Sein zartes Kindergesicht war gerötet. Auf den Lippen glitzerten Blutstropfen. Die Augen waren schwarz und leer, als sich ihre Blicke treffen. Doch gleich darauf senkt der Junge den Kopf und kaute weiter an Binas Haut. Die Betroffene war wie erstarrt. Stumm und unbeweglich sah sie zu, wie Raban sich in sie hinein fraß.* Die Erlösung des Erwachens war der jungen Frau erst gestattet, als das Kind sich in sie hineinlegte.

Von ihrem nächtlichen Leid verriet Sabina Drechsler kein Sterbenswort. Auch Herrn Benike nicht, obwohl dieser die Studentin auf die Augenringe ansprach. Mit künstlichem Lachen verwies sie auf dessen Hinweise auf Schlafmangel im eigenen Gesicht. Die Gespräche der ehemals Engvertrauten wurden immer einsilbiger, je detailreicher Sabina träumte.

Bald beschloss die Studentin, dass sie Rabans wahres Grab finden müsse. Denn nun besaß die junge Frau genug Hinweise zu dessen Lage. In Träumen hatte der Geisterjunge seine Freundin hingeführt. In einem Massengrab für Verbrecher hatte man den kleinen Leib verscharrt, nachdem dieser wegen des Mordes an den eigenen Eltern gehängt worden war. Zum Glück für den lange gefassten Plan hatte die Polizei schnell das Interesse an dem 200 Jahre alten Grab verloren. Für einige Wochen war der Bereich großräumig abgesperrt gewesen. Da aber die Arbeit der Spurensicherung nicht die notwendigen

Erkenntnisse brachten, wurden die Ermittlungen abgebrochen. Der ungenutzte Teil des alten Waldfriedhofs war also wieder verwaist.

Ob sie tatsächlich den Kinderkörper zu seinen Eltern gelegt hatte, wusste die junge Frau nicht mit Sicherheit zu sagen. Ihr blieben nur schmutzige Schuhe und der Fakt, dass die Stelle, an der Raban sein Grab aufgezeigt hatte, Spuren einer Öffnung aufwies... Die Erinnerungen waren so lückenhaft wie ein von Zeit vernebelter Traum. Aber der Gedanke an den kleinen Geisterjungen, der zu seinen Eltern wollte, fesselte die Studentin so sehr, dass sie so schnell wie möglich um Mitternacht auf den alten Waldfriedhof zurückkehrte. Der Herbst hatte den Sommer gerade verabschiedet. Lüftchen wirbelten Blätter auf. Kein Käuzchen schrie. Nur die zaghaften Schritte durchschnitten die bleierne Stille dieser Nacht. Als Bina sich ganz sicher war, dass sie völlig alleine war, näherte sie sich der letzten Ruhestätte von Rabans Eltern.

Da das Grab gerade erst ausgehoben worden war, fiel es ihr dieses Mal wesentlich leichter, die Erde zur Seite zu schaffen. Dann endlich hatte sie es geschafft. Der Blick aufs Innere lag frei.

Bina kam es vor, als befände sie sich außerhalb ihres Körpers. Ihre Beine stolperten wie an Fäden gezogen rückwärts. Weg von dem Grab, das sie gerade geöffnet hatte. Obwohl nirgendwo ein Mensch zu sehen war, spürte die Studentin Hände auf ihren Schultern und am Rücken.

Deck sie zu, Liebes! Hörte sie in ihrem Kopf.
Du siehst doch, dass die Kinder frieren!
Im Kampf mit sich selbst trat Bina an den Rand der geöffneten Grube. Sie kniete sich neben den zu Hügeln angehäuften Mutterboden. Dieser lag kalt und schwer in ihrer zitternden Hand. In Zeitlupe drehte Bina ihre Faust mit der Handfläche nach unten.
Mach schon, Liebes! Der Händedruck auf ihrer rechten Schulter verstärkte sich. Es hätte die junge Frau nicht gewundert, wenn ihre Finger beim Öffnen der Faust geknarrt hätten.

Denn die klammen Glieder fühlten sich extrem verkrampft an. Ein grausamer Schmerz, ähnlich einer Maulsperre. Langsam bewegte sich erst der Zeigefinger aus der unbequemen Krümmung. Seine Geschwister folgten. Erde fiel auf Erde. Fast geräuschlos. Ohne, dass sie es bewusst merkte, brach Bina ihr Versprechen an sich selbst: Sie blickte in die Grube hinab. Genau, das wollte sie nie wieder tun.

Du weißt genau wieso! schalt sie sich.

Ja, sie wusste es und gab trotzdem der Versuchung nach. Auf der dunklen Erde unter ihr lagen Rachel und Gustav Fenner. So wie es auf ihrem Grabstein stand. Skelettiert. Dort wo einst der Uterus gewesen war, lag ein winziges Skelett eines noch nicht Geborenen. Zwischen den Erwachsenen lag Rabans intakter Kinderkörper aus Fleisch und Blut. Eingerollt wie im Mutterleib. Die linke Hand auf der Brust der Mutter. Bina atmete tief ein. Gerade, als sie Luft für einen Beruhigungsmonolog holte, wandte der Junge seinen Kopf und starrte sie direkt aus leeren Höhlen an.

Von irgendwo her, schwebte ein einzelner Rabe
gen Westen.

Danksagung

Jasper

R. D.
Für das geduldige wiederholte Probelesen und das tolle Cover.

A.G.
Für die technische Hilfe.

M.L.
Fürs finale Lesen und den Läusekamm.

F.H.
Für ihr stetiges Interesse an den Geschwistern John.

Allen, die mich den Kelten näher gebracht haben für stimmungsvolle Samhainfeiern und weil ihr einfach wichtig seid!

Jessica

Jasper

fürs In-den-Hintern-treten und die Hintergrundinfos zu Kelten

R. D.

Für das geduldige wiederholte Probelesen und die Erstellung des tollen Covers

M.L.

Fürs finale Lesen und den Läusekamm.

F.H.

Für ihr stetiges Interesse an den Geschwistern John.

Vorankündigung

Die Geschichtensammlung

„Frau Mond trägt schwarz"

zum Thema Hexen steht ebenfalls in den
Startlöchern.

Es erwarten euch die verschiedensten Facetten
aus dem Zusammenhang Hexen und das Fest
zu Samhain: Grusel, Horror, ein Bisschen
Liebe, Spirituelles und vieles mehr.

Die Sammlung erscheint zu Hallowe'en 2016
bei Book on Demand.